Loi n° 49 956 du 16 juillet 1949,
sur les publications destinées à la jeunesse :
février 2000
Dépôt légal : janvier 2005

Mise en pages : *Architexte*, Bruxelles
Photogravure : *Média Process*, Bruxelles
Imprimé en France par *Mame Imprimeur*, Tours

Mario Ramos

Roméo & Juliette

PASTEL

l'école des loisirs

Il était une fois un grand éléphant,
fort comme une montagne.
Il répondait au doux nom de Roméo
et il était heureux. Enfin, presque…
Il avait juste un petit problème.
Un tout petit problème de rien du tout
mais qui l'embêtait beaucoup.

Il était timide, très, très, très timide. Pour un rien,
il rougissait, il s'empourprait de la tête aux pieds.

C'était horriblement gênant. Les autres l'appelaient «Tomate» et ça le faisait encore plus rougir.

Pourtant, autour de lui, il voyait le flamant rose,
le zèbre noir et blanc, la girafe jaune et le crocodile vert.
Mais ça, c'est normal. Tandis qu'un éléphant rouge,
c'est ridicule ! Un éléphant,
c'est toujours gris.

Lorsqu'il allait se désaltérer au grand fleuve,
même les poissons se moquaient de lui.

Il avait pris l'habitude de sortir quand la pénombre peint en noir toutes les couleurs et habille les formes de mystère.

Au cours d'une promenade, une petite voix lui caressa doucement les oreilles: "Ho! Tête en l'air, fais attention où tu poses les pieds! Tu n'es pas tout seul. Moi aussi, j'aime bien le calme de la nuit."

Les nuages s'éloignèrent et la lune éclaira la scène.
"Bonjour, je m'appelle Juliette, et toi?"
"Moi, c'est Roméo, mais tout le monde m'appelle
Tomate parce que je rougis sans arrêt..."

“Roméo, c’est un très beau nom et le rouge
est ma couleur préférée. Tu es charmant comme ça.”
Roméo était ravi: on ne lui avait jamais parlé ainsi.
Il se sentait léger comme une plume. La vie était belle.
“Emmène-moi voir l’océan”, dit Juliette.
“Avec tes grandes jambes, ça ne doit pas être très loin!”

Il y eut d'abord le roulement continu des vagues
qui se couchent sur la plage. Puis, d'un bout à l'autre
du paysage, se déroula un immense tapis bleu. Ils restèrent
longtemps fascinés par la ligne droite de l'horizon.
"Tu vois, le ciel aussi est parfois tout rouge", dit Juliette.
"Je suis bien avec toi", soupira Roméo.
"Moi aussi", lui confia Juliette.

Roméo était impatient de retrouver les siens
pour raconter son nouveau bonheur.

"Salut, Tomate!" s'écrièrent les éléphants en chœur.
Roméo se mit à rougir, rougir, rougir…

“Bonjour!” lança Juliette très poliment.
“Waaah! Une souris!” hurlèrent les éléphants verts de peur.
“On dirait un troupeau de poireaux”, pensa Juliette.

Elle pouffa de rire, entraînant Roméo.
Finalement, ils partirent tous d'un grand éclat de rire
qui résonna loin dans la plaine jusqu'au-dessus des collines.

C'est ainsi que Roméo retrouva le plaisir
de se balader en plein soleil. Il rougissait encore parfois,
bien sûr, mais désormais, il savait que c'était charmant.

Juliette et Roméo firent encore de nombreuses balades au clair de lune. Ils ne se quittaient plus parce qu'ils étaient bien ensemble, tout simplement.